VENTE DU LUNDI 8 AVRIL 1895

HÔTEL DROUOT, SALLE Nº 6

OBJETS D'ART

ET

D'AMEUBLEMENT

ANCIENS ET DE STYLE

Pendules — Bronzes

Céramique — Objets variés — Sculptures

Meubles et Sièges

TAPISSERIES

DES XVIᵉ, XVIIᵉ ET XVIIIᵉ SIÈCLES

EXPOSITION PUBLIQUE

LE DIMANCHE 7 AVRIL 1895

Mᵉ PAUL CHEVALLIER	M. CHARLES MANNHEIM
COMMISSAIRE-PRISEUR	EXPERT
10 rue de la Grange-Batelière, 10	7, rue Saint-Georges, 7

EXEMPLAIRE DE H. STETTINER

IMPRIMERIE DE L'ART

CATALOGUE

DES

OBJETS D'ART

ET D'AMEUBLEMENT

ANCIENS & DE STYLE

Pendules — Bronzes

Céramique — Sculptures

OBJETS VARIÉS — HARPE LOUIS XVI — DESSUS DE PORTES

MEUBLES & SIÈGES

Tapisseries des XVIᵉ, XVIIᵉ et XVIIIᵉ siècles

DONT LA VENTE AURA LIEU

HOTEL DROUOT, SALLE Nᵒ 6

Le Lundi 8 Avril 1895

à deux heures

COMMISSAIRE-PRISEUR	EXPERT
Mᵉ PAUL CHEVALLIER	**M. CHARLES MANNHEIM**
10, rue Grange-Batelière, 10	7, rue Saint-Georges, 7

EXPOSITION PUBLIQUE

Le Dimanche 7 Avril 1895, de 1 heure 1/2 à 5 heures 1/2

CONDITIONS DE LA VENTE

La vente sera faite expressément au comptant.

Les Acquéreurs paieront en sus des adjudications *cinq pour cent*.

L'Exposition mettant le public à même de se rendre compte de l'état et de la nature des objets, il ne sera admis aucune réclamation une fois l'adjudication prononcée.

Paris. — Imp. de l'Art, E. Moreau et Cie, 41, rue de la Victoire.

DÉSIGNATION DES OBJETS

BRONZES ET PENDULES

1 — Cartel porte-montre Louis XVI en bronze doré et bois formé d'un obélisque porté par quatre sphinx reposant sur une base enguirlandée.

2 — Pendule Louis XVI à mouvement visible, en marbre bleu turquin, garnie de bronzes dorés; elle est surmontée d'un groupe d'amours en bronze à patine brune de style Louis XVI.

3 — Deux grands candélabres de style Louis XVI : Enfant tenant des brandons surmontés d'une couronne de fleurs d'où s'échappent cinq branches porte-lumières; base en marbre vert d'Égypte.

4 — Pendule en bronze : Dromadaire supportant le mouvement qui est surmonté d'une figure de personnage oriental.

5 — Baromètre-thermomètre en bronze ciselé et doré de style Louis XVI; le cadran entouré de guirlandes de fleurs, têtes et mascarons.

6 — Pendule Empire en bronze doré au mat : Amour cueillant une rose.

7 — Pendule Empire en bronze doré au mat : Femme accoudée contre une borne ; base en marbre vert de mer avec bas-relief en bronze doré.

8 — Deux candélabres Empire : Génies ailés tenant trois branches porte-lumières.

9 — Groupe en bronze à patine brune : les Quatre parties du monde supportant une sphère en bronze doré. (*Vente Dasson.*)

10 — Deux statuettes en bronze patiné : Faune et Faunesse.

11 — Sanglier en bronze à patine brune ; socle en marbre jaune de Sienne.

12 — Deux vases en albâtre oriental ; monture en bronze doré. Style Louis XVI.

13 — Deux girandoles à trois lumières en bronze argenté. Style Louis XIV.

14 — Figurine de fillette en bronze doré provenant d'un meuble.

15 — Six pièces : quatre entrées de serrure de style Louis XV et deux petites bases en bronze doré.

16 — Petite pendule en bois noir ; cadran en cuivre.

17 — Pendule Empire en bronze patiné et bronze doré, simulant un poulailler auprès duquel sont placées deux figurines, amour et fillette donnant à manger aux poules ; sur la base, bas-relief, chèvres et palmettes.

18 — Garniture de cheminée en marbre rouge et bronze doré de style Louis XVI, comprenant deux candélabres et une pendule surmontée d'une statuette de Mignon en bronze patiné, d'Auguste Moreau. Maison Baguès.

CÉRAMIQUE

19 — Potiche avec son couvercle présentant en émaux de la famille rose un nombreux cortège d'enfants portant un dragon et des poissons. Chine.

20 — Deux pièces : assiette en porcelaine de l'Inde à personnages et petit plat en ancienne porcelaine de Chine, famille rose, paysage.

21 — Deux pièces : plat, Rhodes et pot à eau, Strasbourg ; décor de fleurs.

22 — Légumier avec couvercle, décor polychrome. Rouen.

23 — Deux petits compotiers, décor à la corne. Rouen.

24 — Deux compotiers variés, décor polychrome, fleurs. Rouen.

25 — Deux pièces, faïence : assiette, Rouen, décor polychrome de fleurettes et plat, décor au carquois.

26 — Plat, Moustiers, décor vert : grotesques.

27 — Autre de forme contournée à décor polychrome : cariatides et réserve à personnages.

28 — Quatre assiettes variées, Delft, décors bleu et polychrome : oiseaux, fleurs, habitations.

29 — Autre, décor polychrome de personnages orientaux.

30 — Plat, décor bleu : paysage. Delft.

31 — Cinq chopes variées, faïence hollandaise, couvercles en étain.

32 — Deux chopes variées en grès allemand.

33 — Deux lions, faïence.

OBJETS VARIÉS, SCULPTURES

34 — Harpe Louis XVI signée *Clermont, à Nancy, 1788,* en vernis de Martin, attributs de musique, fleurs et rubans; console et base en bois sculpté.

35 — Grande boîte à écrire en laque ancienne de Chine; tiroirs à l'intérieur.

36 — Métier à broder en bois du xviiie siècle.

37 — Quatre dessus de portes : les Saisons figurées par des enfants en tenant les attributs. Toile. xviiie siècle.

38 — Deux dessus de portes : vase de fleurs, raisin et pêches. Toile. xviiie siècle.

39 — Lefortier. Environs de Chevreuse. Toile. Encadré. A figuré au Salon de 1852.

40 — Buste en marbre blanc de femme vêtue d'une draperie laissant le sein découvert. Style Louis XV. — Haut., 77 cent.

41 — Petit buste de fillette, la tête tournée à gauche; marbre blanc. Style Louis XVI. — Haut., 30 cent.

42 — Vasque en marbre.

43 — Petit modèle de carrosse du XVIIIe siècle, présentant un écusson armorié sur la portière.

44 — Bas-relief en argent : reddition d'une ville aux croisés. Cadre en bois noir avec appliques de bronze doré.

45 — Cadre en chêne sculpté et doré Louis XIV. — Haut., 24 cent.; larg., 34 cent.

46 — Cadre en bois sculpté Louis XIV. Dorure moderne. — Haut., 12 cent.; larg., 17 cent.

47 — Cadre ovale à fronton en bois sculpté et doré. — Haut., 28 cent.; larg., 23 cent.

48 — Cachet à poignée d'ivoire sculpté, décoré d'une armoirie.

49 — Quatre clefs dont deux à têtes de bronze.

50 — Porte-mine en argent gravé à décor de rinceaux.

51 — Trois pièces : Petit bas-relief en nacre sculptée : buste d'homme ; petit cadre en or doublé de cuivre et petite peinture sous verre : tête de Christ.

52 — Petit bénitier, cuivre.

53 — Lampe, marbre et bronze.

54 — Garniture de foyer en bronze.

55 — Deux appliques.

56 — Suspension, cartel et quatre appliques argentées.

MEUBLES

57 — Commode du temps de Louis XIV, de forme contournée, en bois de placage, à losanges ; sabots pieds de biche en bronze doré ; dessus de marbre.

58 — Console en bois sculpté et doré du temps de Louis XIV, à quadrillés, mascarons et feuillages ; dessus de marbre blanc.

59 — Grand fauteuil Louis XIV recouvert en tapisserie au point : Marquis et Marquise, et animaux.

60 — Autre : Junon.

61 — Autre : Philémon et Baucis.

62 — Autre : Bouquets de pavots en tapisserie Louis XIV, à fond jaune.

63 — Écran en bois sculpté et doré, feuille en tapisserie d'Aubusson : le Loup et l'Agneau, guirlandes de fleurs. Époque Régence.

64 — Secrétaire droit à abattant, portes et tiroir en marqueterie de bois de couleurs, à fleurs; dessus de marbre. Époque Louis XVI.

65 — Petit meuble Louis XV en marqueterie à fleurs, à trois tiroirs; dessus de marbre.

66 — Chaise basse en ébène sculpté et orné de bronzes et couronne de marquis, recouverte en ancien brocart d'argent à fleurs.

67 — Petite commode Louis XV à deux tiroirs en laque à fond noir ; dessus de marbre.

68 — Secrétaire à abattant en marqueterie de bois satiné ; dessus de marbre.

69 — Console Louis XVI en bois peint blanc, à décor de cannelures ; dessus de marbre.

70 — Petit lit de repos Louis XVI en bois peint blanc.

71 — Fauteuil Régence en bois sculpté, à coquilles et rinceaux.

72 — Bois de fauteuil sculpté Louis XV à fleurettes, avec croisillon d'entrejambes.

73 — Bergère Louis XV en bois peint blanc.

74 — Trois chaises cannées variées en bois sculpté. Époques Régence et Louis XV.

75 — Fauteuil de bureau Louis XV en noyer sculpté, couvert en cuir.

76 — Petit bureau bonheur-du-jour Louis XV, en marqueterie à damier.

77 — Petit secrétaire à dos d'âne en bois de placage, à quadrillés.

78 — Écran en palissandre sculpté, feuille en tapisserie d'Aubusson : fleurs dans une corbeille, sur fond vert clair. Style Louis XV.

79 — Petit canapé en bois sculpté et doré, couvert en soie brochée à fleurs sur fond vieux rose armuré. Style Louis XVI.

80 — Bergère en bois doré, couverte en lampas du XVIIIe siècle, à décor blanc de personnages chinois, kiosques et fleurs sur fond rouge.

81 — Meuble de salon composé d'un canapé et six chaises en bois laqué blanc et or, couvert en broderie de soie et tapisserie au point à personnages.

82 — Deux miroirs vénitiens gravés à personnages ; encadrés.

83 — Petite console à deux pieds cambrés en bois sculpté et doré à décor de coquilles, feuillages et motifs rocaille ; dessus de marbre blanc.

84 — Petite console à deux pieds cambrés à décor de quadrillés et motifs rocaille, en bois sculpté et doré ; dessus de marbre blanc.

85 — Grand meuble Louis XIII à deux corps, quatre portes et deux tiroirs en noyer sculpté à entrelacs et moulures avec colonnettes et têtes de chérubins.

86 — Petit miroir ; cadre brodé au point de Hongrie.

87 — Bureau bonheur-du-jour formé de panneaux d'ancien laque de Coromandel à personnages sur fond noir.

88 — Petite vitrine à une porte à hauteur d'appui en palissandre de style Louis XVI.

89 — Bureau à dos d'âne en bois de placage. Style Louis XV.

90 — Table-toilette en bois de placage. Style Louis XV.

91.— Meuble à hauteur d'appui en bois de placage avec étagères d'angles, tiroir, casier et porte ; galerie de cuivre.

92 — Meuble d'entre-deux en acajou, bois de rose et marqueterie de bois de couleurs à fleurs, orné de bronzes dorés ; il ferme à deux portes décorées de panneaux au vernis à sujets galants ; dessus de marbre. Maison Baguès.

93 — Meuble de salon en noyer sculpté couvert en tapisserie au point à fleurs et personnages ; il comprend un canapé, six fauteuils et deux chaises.

94 — Mobilier de salle à manger en noyer sculpté composé d'une table, douze chaises, un buffet à deux corps et une servante.

95 — Guéridon, acajou et bronze.

96 — Deux chaises, bois doré, style Louis XV, couvertes en tapisserie.

TAPISSERIES, ÉTOFFES

97 — Tapisserie du XVIIIe siècle : la Chasse du sanglier de Calydon, composition de nombreux personnages et animaux ; bordures de fruits, fleurs, animaux et attributs.— Haut., 3 m. 90 cent.; larg., 3 m. 80 cent.

98 — Grande tapisserie verdure, tissée d'argent, composition de trois personnages, entourée de velours et franges. XVIIIe siècle.

99 — Belle tapisserie : Bataille d'Alexandre, composition de nombreux personnages, d'après Lebrun; bordures de dauphins, fleurs, coquilles et bustes. XVIIe siècle.

100 — Grande tapisserie des Flandres, représentant les quatre parties du monde avec château, parc et fontaine; bordures de fruits et de fleurs. XVIIIe siècle.

101 — Tapisserie Renaissance à médaillon représentant Pluton et Proserpine; entourage de rinceaux et guirlandes de fleurs et fruits, fond vert, avec fragments de bordures.

102 — Petit panneau en hauteur de la Renaissance : Guerriers portant des drapeaux. Sur châssis.

103 — Petit panneau de la Renaissance, représentant un paysage animé de petites figures; au premier plan, le roi David accoudé à une fenêtre. Sur châssis.

104 — Lambrequin en tapisserie Louis XIII : deux amours de chaque côté d'un cartouche, guirlandes de fleurs.

105 — Montant de tapisserie : Amour dans des guirlandes de fleurs et fruits. Époque Louis XIII.

106 — Petite portière en tapisserie, allégorie : personnages tenant des flèches; bordures de fleurs. XVIIe siècle.

107 — Petite tapisserie du XVIIIe siècle : verdure avec personnages tenant deux chiens.

108 — Tapisserie d'après Huet : le Jeu de la main-chaude. XVIIIe siècle.

109 — Autre formant suite : Bergère et troupeau dans des ruines.

110 — Autre formant suite : Intérieur de ferme, pâture des poules ; confidence de bergers et gardeur de moutons.

111 — Petite tapisserie d'Aubusson : Jugement de Pâris ; composition de six personnages. XVIIIe siècle.

112 — Autre formant suite : Roi sur son trône entouré de ses sujets.

113 — Petite tapisserie : Marine, composition de quatre personnages sur le bord de la mer. XVIIIe siècle.

114 — Tapisserie à médaillon à fond jaune : au milieu, allégorie de la moisson entourée de guirlandes de fleurs. Époque Louis XVI.

115 — Cantonnière en ancienne tapisserie : figures allégoriques, amours et rinceaux.

116 — Deux panneaux en tapisserie moderne d'Aubusson : verdure et animaux.

117 — Panneau en soie imprimée : Apothéose de Philippe frère unique du Roi, par A. Coypel. Époque Louis XIV. Hampe fleurdelisée et broderie d'argent.

118 — Feuille d'écran Louis XIV en velours de Gênes, ciselé à fleurs.

119 — Portière en drap bleu avec broderies formant grands rinceaux et entrelacs.

120 — Neuf panneaux en toile brodée de soie à personnages et fleurs. Travail portugais du XVIIe siècle.

121 — Six pièces : garnitures de siège en ancienne tapisserie au point à feuillages.

122 — Trois pièces : garnitures de siège en ancienne tapisserie au point à fleurs sur fond clair.

123 — Vingt-neuf pièces : sièges et dossiers d'ancienne tapisserie au point à fond rouge.

124 — Bandeau de cheminée en tapisserie au point.

125 — Tapis.

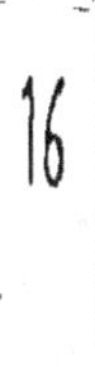

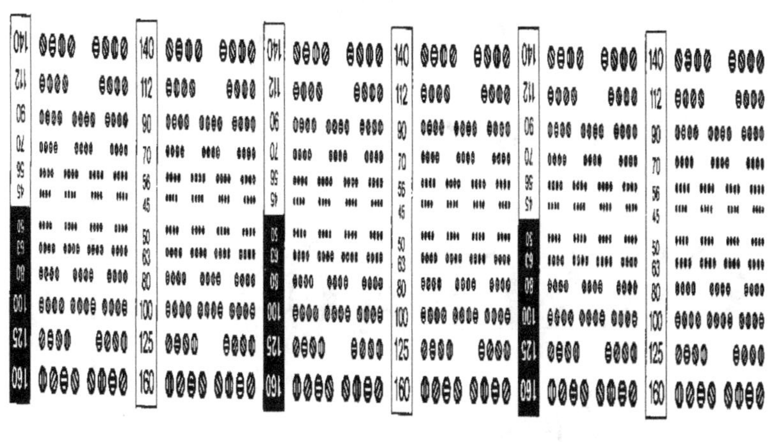

379.83.70
graphicom

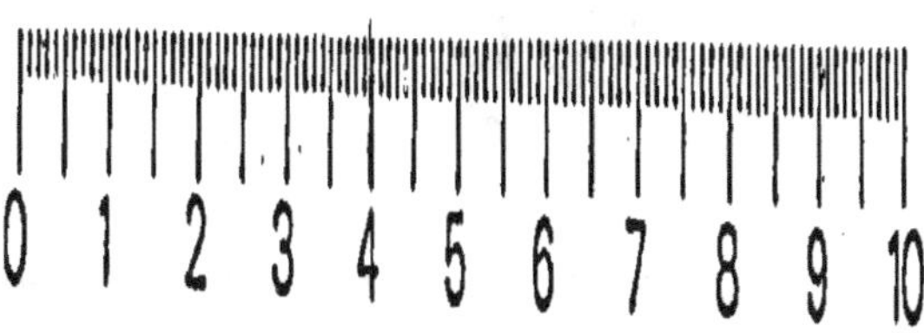

BIBLIOTHEQUE NATIONALE DE FRANCE

****

CHATEAU DE SABLE

1996